Lukas Limberg

Der dreizehnte Einsatz

story.one – Life is a story

1st edition 2024
© Lukas Limberg

Production, design and conception:
story.one publishing - www.story.one
A brand of Storylution GmbH

All rights reserved, in particular that of public performance, transmission by radio and television and translation, including individual parts. No part of this work may be reproduced in any form (by photography, microfilm or other processes) or processed, duplicated or distributed using electronic systems without the written permission of the copyright holder. Despite careful editing, all information in this work is provided without guarantee. Any liability on the part of the authors or editors and the publisher is excluded.

Font set from Minion Pro, Lato and Merriweather.

© Cover photo: privat

ISBN: 978-3-7115-2731-8

*Für mich.
Weil ich es irgendwie noch geschafft habe, dieses Buch in letzter Sekunde zu beenden.*

INHALT

1: Nächtlicher Ausflug	9
2: Dunkelheit	13
3: Geräusche in der Finsternis	17
4: Im Keller	21
5: Albtraum	25
6: Die Kammer	29
7: Und beschütze uns vor dem Bösen	33
8: Noch leben wir	37
9: Der 13. Einsatz	41
10: Der Ausgang	45
11: Caligula	49
12: Fox	53
13: Ohne jede Hoffnung	57
14: Nur eine Idee	61
15: Die Hölle	65
16: Tiefes Schwarz	69
17: Nachbeben	73

1: Nächtlicher Ausflug

"Jetzt beeil dich doch mal, du Lahmarsch!" Schnaufend und wie ein Schwein schwitzend, trete ich noch etwas schneller in die Pedale meines quietschenden Fahrrads und schaffe es trotzdem kaum, mit Joey mitzuhalten.
"Halt's Maul", keuche ich ihm hinterher. "Wer hatte denn diese Scheißidee?"
Wäre es nach mir gegangen, hätten wir uns einfach von meinen oder Joeys Eltern fahren lassen, statt mitten in der Nacht wie die verdammten Goonies durch einen dichten Wald zu radeln und ein Abenteuer zu suchen.
Natürlich hatte mein Vorschlag meinem Kumpel - Mr. "Bist du irre? Die verderben uns doch den ganzen Spaß, wenn sie dabei sind!" - überhaupt nicht gefallen und nach einem ewigen Hin und Her hatte ich mich tatsächlich dazu breitschlagen lassen, die kilometerlange Strecke zu unserem Ziel auf einem dämlichen Fahrrad zurückzulegen, statt gemütlich auf dem Rücksitz des Toyotas meiner Mutter Videospiele zu zocken, bis wir angekommen wären.

Das Ziel unseres nächtlichen Ausflugs trägt den wohlklingenden Namen *Carpenter Hall* und ist eine alte, verlassene Villa, in der es angeblich spuken soll. An unserer Schule erzählt man sich, dass in dem düsteren Gemäuer bereits Menschen verschwunden seien, man nachts immer wieder Schreie höre und auf dem Gelände und im umliegenden Wald unheimliche Gestalten gesehen worden seien. Was läge da also näher für zwei gelangweilte Teenager, als sich mitten in der Nacht auf ihre Bikes zu schwingen, ohne Erlaubnis der Eltern die Stadt zu verlassen und dem Gruselhaus einen Besuch abzustatten?

Fluchend lege ich noch einen Zahn zu - vermutlich den letzten, den ich noch im Petto habe - und versuche verzweifelt, Joey einzuholen. Warum muss dieses verschissene Gruselhaus auch am verdammten Arsch der Welt stehen? Fernab von jeglicher Zivilisation und solchen genialen Erfindungen, wie ... ich weiß auch nicht ... *Bushaltestellen*?!

"Jetzt warte doch mal auf mich!", röchele ich meinem Freund atemlos hinterher, auch wenn ich mir keine Hoffnungen mache, dass er auf mich hört.

Er ist definitiv die Sportskanone unseres Duos und auch wenn ich immer wieder beeindruckt davon bin, wie fit er ist, würde ich mir manchmal wünschen, er könne akzeptieren, dass sich nicht alle Menschen auf seinem Level befinden. Dass ich zum Beispiel ein Level für mich beanspruche, dass man im Vergleich mit seinem als Keller bezeichnen könnte, scheint er regelmäßig zu vergessen. In der Regel immer dann, wenn wir eilig irgendwo hin müssen und er mich meistens schon nach zehn Sekunden abgehängt hat.

Heute aber scheinen die Götter in Stimmung für ein Wunder zu sein, denn Joey hält tatsächlich an. Unter Geräuschen, die sich vermutlich stark nach einem brünstigen Hirsch anhören, komme ich an seiner Seite zum Stehen und muss all meine verbleibende Kraft dafür aufwenden, nicht einfach zu seinen Füßen vom Rad zu fallen.
"Danke", stoße ich inmitten meiner filmreifen Atemnot hervor, doch er scheint mich gar nicht zu beachten. Stattdessen ist sein Blick starr in die Dunkelheit zwischen den Bäumen vor uns gerichtet.
Sein Flüstern geht beinahe in meinem Keuchen unter.
"Wir sind da"

2: Dunkelheit

Irgendein versoffener Horrorautor scheint einen großen Eimer Klischees über dem verfallenen Gebäude ausgeschüttet zu haben, denn es wirkt wie ein Best-of zum Thema "Gruseliges Gruselhaus in einem gruseligen Gruselfilm". Nämlich gruselig.
Die hölzerne Fassade ist verwittert und ergraut, die Fenster blind vom Staub. Manche von ihnen sind zerstört und die gesamte Villa, die sich wie ein dunkler Schatten vom mondbeschienenen Himmel abhebt, wirkt krumm und verbogen.

"Komm", flüstert Joey ohne mich anzusehen, lässt sein Fahrrad ins Gras am Wegesrand fallen und pirscht auf das Gruselhaus zu. Ich, der immer noch damit beschäftigt ist, seinen Körper keuchend mit Sauerstoff zu versorgen, kann ihm nur kraftlos hinterherglotzen. *Ob es wirklich so eine gute Idee ist, diese Bruchbude zu betreten?*
Joey scheint sich diese Frage auf jeden Fall nicht zu stellen, denn während ich noch zögere, hat er bereits die flache Veranda des seltsamen Ge-

bäudes erreicht. Ich erwarte, dass er stehenbleibt, sich zu mir umdreht und mir irgendeinen spöttischen Spruch drückt oder mich zur Eile ermahnt, doch zu meiner Überraschung geschieht nichts dergleichen. Stattdessen pirscht er unbeirrt zur Eingangstür des Hauses und drückt ohne zu zögern gegen das abgenutzte Holz. Unter einem gespenstischen Knarren, das sogar an meiner Position gut zu hören ist, gibt die Tür nach und öffnet sich langsam. Als hätte er mich völlig vergessen, verschwindet mein Freund im Bauch des Gruselhauses.

Mal wieder verwünsche ich seine Unberechenbarkeit und Kopflosigkeit und überlege für einen Moment, einfach einen Rückzieher zu machen und abzuhauen. Da ich aber weiß, dass Joey mir das mindestens vierzig Jahre vorwerfen würde, belasse ich es bei einem gemurmelten Fluch, lasse mein Fahrrad neben das meines Kumpels fallen und mache mich schließlich auf den Weg, ihm zu folgen.
Vielleicht finden wir ja doch etwas Cooles und da will ich bestimmt nicht der Trottel sein, der sich lieber verpisst hat, statt nach Schätzen zu suchen.

Das Holz der Veranda knarrt unter meinen Schritten, als ich zum Eingang von *Carpenter Hall* schleiche. Die Tür steht nach wie vor offen, jedoch nur ein Stück weit und jenseits des hölzernen Rahmens erkenne ich nichts als Dunkelheit. Meine Finger legen sich auf das kalte Holz, Lack blättert unter meiner Berührung zu Boden.
Mit einem Mal überkommt mich das lähmende Gefühl, dass ich gerade wirklich überall sein sollte, nur nicht hier.
"Joey", zische ich in die gähnende Finsternis im Inneren des Gebäudes.
Keine Antwort. *Natürlich nicht. Scheiße.*

Ich werfe einen letzten Blick über die Schulter. Mein Fahrrad liegt nicht weit entfernt. Abhauen ist noch immer eine Option.
Irgendwo im Inneren des Hauses ertönt ein scharrendes Geräusch. *Joey?*
Mit einem tiefen Seufzer, drücke ich die Tür etwas weiter auf und trete aus dem hellen Licht des Mondes in die bedrückende Schwärze, die *Carpenter Hall* erfüllt.

3: Geräusche in der Finsternis

Obwohl ich die Tür hinter mir offen lasse, scheint keinerlei Licht von draußen ins Innere des Hauses zu dringen. Die Luft ist erfüllt von Staub, einem modrigen Geruch und einer unwirklichen Stille, die sich wie Teer auf meine Ohren zu legen scheint. Es kommt mir wie eine Ewigkeit vor, bis meine Augen sich so weit an die Dunkelheit gewöhnt haben, dass ich erste Umrisse um mich herum ausmachen kann und es mir gelingt, einen ersten Eindruck des Raumes zu bekommen, den ich soeben betreten habe.

Ich befinde mich in einer großen Eingangshalle, an deren Ende eine breite Treppe nach oben führt. Über mir erkenne ich schwach eine Art Empore, wie es sie auch in Theatern gibt, die einmal um die ganze Halle herumführt und von mehreren hölzernen Säulen getragen wird. An den Wänden des Raumes kann ich einige Türen ausmachen.

Joey und ich scheinen nicht die ersten Besucher des Gebäudes zu sein, denn überall auf dem Boden liegen zertrümmerte Gegenstände und

Müll verstreut. Sogar zwei der Türen sind von irgendwelchen Vollidioten zerstört worden und ihre Bruchstücke bedecken nun den Boden. *Es gibt echt verdammt viele Arschlöcher unter den Menschen.*

Ein Geräusch reißt mich aus meinen Gedanken. *Was war das?*
Unsicher mache ich zwei Schritte in die dunkle Halle hinein. Dann halte ich wieder inne, lausche. Ich kann nicht bestimmen, aus welcher Richtung der Ton gekommen ist, doch die wieder eingekehrte Stille scheint noch drückender auf meinen Ohren zu lasten, als zuvor. Langsam breitet sich Unruhe in mir aus.
"Joey?", frage ich leise in die Stille, doch ich erhalte keine Antwort.
Scheiße. Das hier war so eine verdammt bescheuerte Idee.
Wieder ein Geräusch. Ein dumpfes Poltern. *Links von mir?* Ich blicke zu den Türen an der Wand. Mein Puls beschleunigt sich. Ohne nachzudenken, renne ich zu einer der zerstörten Türen, stoppe und lausche.
Ein entfernter Schrei lässt mein Blut gefrieren.
Joey! Das war definitiv seine Stimme. Und sie kam aus dem schwarzen Schlund auf der anderen Seite der zerbrochenen Tür. *Hat er sich ver-*

letzt? Ich will zu meinem Freund rennen, doch meine Beine verweigern den Dienst. Kraftlos und weich verharren sie reglos an der Türschwelle und meine Füße bewegen sich keinen Zentimeter. *Scheiße!* Ich kann nicht länger hier stehen und mir in die Hose scheißen, schließlich scheint mein Freund meine Hilfe zu brauchen. Hektisch ramme ich mir einen Knöchel meines linken Zeigefingers in den Mund und beiße so fest darauf, dass ich vor Schmerz aufstöhne. Diesen Trick hat Joey mir beigebracht. *Einfach die Angst mit Schmerz vertreiben.* Es wirkt. Ich erlange die Kontrolle über meine Beine zurück und schaffe es, mich durch das zersplitterte Holz der Tür in den Gang dahinter zu zwängen.

Als Joeys Stimme erneut ertönt, gehen mir die Nerven durch.
"Ich komme!", brülle ich und renne blindlings in die Dunkelheit hinein.
Geradewegs in einen Albtraum.

4: Im Keller

Mehr als einmal stolpere ich fast über irgendwelchen Müll oder Stücke zertrümmerter Möbel, als ich durch den düsteren Gang in Richtung meines Freundes hetze. Ich rufe seinen Namen, doch erhalte keine Antwort. *Was zur Hölle ist da passiert?!*
Blind vor Sorge um Joey übersehe ich beinahe, dass der Gang urplötzlich in eine abwärts führende Treppe mündet und schaffe es gerade noch so zu bremsen, bevor ich mir auf den Stufen den Hals breche. Kurz zögere ich, versuche mich zu sammeln und in der Finsternis irgendwas zu erkennen. Keine Chance.
Ein Rascheln ertönt aus der Tiefe. *Joey!* Sofort setze ich mich wieder in Bewegung und poltere eilig die knarrenden Holzstufen hinab. Mit jedem Schritt umgibt mich eine noch tiefere Schwärze und allmählich macht sich in mir das Gefühl breit, die Dunkelheit auf meiner Haut fühlen zu können.
Was für beschissene Freaks haben bitte in diesem Loch gelebt? Vampire?

Mehr stolpernd, als laufend, erreiche ich endlich das untere Ende der Treppe und habe große Mühe, irgendetwas zu erkennen. Ich scheine in einem breiten Gang zu stehen. Hier und da meine ich die Umrisse von Kisten zu erkennen und die Wände scheinen aus Stein zu sein. Vermutlich befinde ich mich in einer Art Keller. *Warum ausgerechnet der verdammte Keller, Joey?* Ich muss meinen Freund finden. Langsam setze ich mich in Bewegung und mache ein paar unsichere Schritte.
"Joey?", flüstere ich nervös. Hier stimmt irgendwas ganz und gar nicht. Plötzlich bleibe ich stehen. Das weiche Gefühl kehrt in meine Beine zurück. Dort, am Boden einige Schritte vor mir, zeichnet sich ein großer Umriss in der Dunkelheit ab. Ein Umriss, der in etwa die Größe eines Teenagers hat.
Joey!
Ich will zu dem Schemen laufen, doch mein Fuß bleibt an irgendetwas hängen, ich stolpere und schlage hart auf dem staubigen Steinboden auf. Für einen Moment bleibt mir die Luft weg und der aufgewirbelte Staub brennt mir in Hals und Augen. Fluchend stemme ich mich hoch, rolle mich auf die Seite und reibe mir mit den Händen durchs Gesicht, um wieder sehen zu können.

"Joey, Alter", flüstere ich und robbe auf den dunklen Umriss zu. "Was ist los?"
Als ich ihn erreiche, strecke ich die Hand aus und berühre ihn vorsichtig. Ich fühle den rauen Stoff von Joeys Jacke unter meinen Fingern.
"Joey!", zische ich erneut den Namen meines Freundes und schüttele ihn. Da bemerke ich es. Eiskaltes Entsetzen packt mich. Panisch stoße ich mich von dem Schatten am Boden weg. Mein Hals schnürt sich zu.
Wo ist sein Kopf?!

Blindlings robbe ich rückwärts. *Weg! Nur weg! Ich kann nicht atmen! Weg!*
Plötzlich stoßen meine Finger gegen einen Gegenstand und ich erstarre. Mein Herz rast und ich kann spüren, wie eine Panikattacke in mir aufsteigt. Es muss der Gegenstand sein, über den ich eben gestolpert bin. Ich kann nicht hinsehen. Das Ding, das meine Finger soeben berührt haben, ist weich, von einer warmen Feuchtigkeit überzogen ... und hat Haare!
Mein Kopf setzt aus. Mein Körper wird taub. Mein Atem geht stoßweise. Und so entgeht mir beinahe das Geräusch. Ein heiseres, gurgelndes Röcheln liegt in der Luft.
Und es kommt von hinter mir!

5: Albtraum

Noch immer am Boden liegend, fahre ich herum. Mein Blick springt hektisch hin und her. *Wer ist da?* Mein Herz rast in meiner Brust. Panik durchflutet mich. *Joey!* Mein bester Freund ist tot! Das Röcheln wird lauter, tiefer, kehliger. *Was zur Hölle ist hier los?!*

Und dann sehe ich die Gestalt.
Erst ist es nur eine Ahnung. Ein sich vage von der Finsternis abhebender Schatten, der sich neben der Kellertreppe regt. Doch dann bin ich in der Lage, schwache Umrisse zu erkennen. Umrisse, die sich bewegen. Umrisse, die genau auf mich zukommen. Blankes Entsetzen packt mich, nimmt mir die Luft zum Atmen. Ich reiße die Augen auf und bin nicht in der Lage, mich zu bewegen. Was auch immer sich mir da mit schlurfenden Schritten aus der Dunkelheit nähert, hat zwar Ähnlichkeit mit einem Menschen, *aber es kann unmöglich einer sein.* Dafür sind die Arme und Finger der Gestalt zu lang, der Leib zu ausgemergelt, die Bewegung zu … *falsch.* Der ganze Körper des Wesens ist auf völ-

lig groteske Art verzerrt und verdreht und sieht beinahe aus, als habe man einem Mann sämtliche Knochen gebrochen und ihn dann gewaltsam verformt.
Und dieses entsetzliche Röcheln.
Die Gestalt ist nur noch wenige Schritte von mir entfernt und noch immer versagen mir meine Beine den Dienst. Ich kann nur voller Angst zu der Kreatur hinauf starren, die sich mir unaufhaltsam nähert und dabei immer deutlicher erkennbar wird. Der Körper ist blass und haarlos. Die Glieder sind lang, dürr und die Haut sieht aus wie graues Leder. Der Kopf des Wesens -
Oh Gott!

Mit einem panischen Aufschrei stoße ich mich von der Kreatur fort, krabbele so schnell ich kann vor ihr davon. Ich versuche, auf die Beine zu kommen, stolpere und stürze fast. Gerade so kann ich mich auf den Beinen halten. Mein Körper, den das Grauen gewaltsam zurück unter meine Kontrolle gebracht hat, fühlt sich kraftlos und wackelig an. Das Röcheln hinter mir wird drohender. *Ich muss hier weg!* Ich renne los, die Knie weich, stolpere über Joeys Leiche und stürze wieder zu Boden. Die Panik raubt mir beinahe den Verstand. *Weg hier! Nur weg!* Ich rappele mich auf, komme taumelnd auf die Beine. *Weg!* Meine Beine wollen nachgeben. *Nein! Nicht jetzt!* Ich renne weiter. Ich muss weg von diesem Ding! Weg von diesem grauenhaften Monster! Weg von seinem Kopf, der oberhalb des Unterkiefers einfach abgerissen war! Weg von den schiefen Zähnen und der langen Zunge, die sich unter dem Röcheln des Monsters gewunden hat, wie eine tanzende Schlange! *Weg!*

Strauchelnd folge ich dem dunklen Tunnel, ohne zu wissen, wohin er mich führt. Die Geräusche des Monsters folgen mir. *Werden sie lauter? Das Ding kann mich unmöglich einholen.* Ich bleibe abrupt stehen. *Nein!* Die Dunkelheit im Gang vor mir bewegt sich. Schatten. Zahllose Gestalten. Noch mehr der grotesken Kreaturen! Sie versperren mir den Weg. Auch ihr Köpfe sind zerstört. Zungen schlängeln sich über blutige Unterkiefer. Das Röcheln wird immer lauter. Immer gieriger. *Ich bin verloren!*
Ein Poltern neben mir! Etwas packt meine Schulter. Ich werde weggerissen. Weg von den Monstern. Durch eine Tür. Krachend fällt die Tür ins Schloss.
Stille.

6: Die Kammer

Mit einem Aufschrei reiße ich mich los, befreie meine Schulter mit einer Drehung aus dem schmerzhaften Griff und stürze im selben Moment zu Boden. Meine Beine geben auf, die Angst lähmt meinen Körper. *Ich habe keine Chance.* Kraftlos kauere ich auf allen Vieren, hyperventiliere und habe das Gefühl, mich jeden Augenblick übergeben zu müssen. Direkt vor mir erkenne ich durch einen Tränenschleier die Tür, durch die ich soeben gezerrt wurde. Die Tür, hinter der ein Gang voller Monster liegt. Mein Herz rast wie verrückt und alles um mich herum scheint sich zu drehen.
"Entspann dich, Junge", brummt eine tiefe, seltsam blechern klingende Stimme in meinem Rücken.
Unter größter Anstrengung gelingt es mir, meinen Kopf zu heben und über meine Schulter zu blicken. Ein kleiner Raum. Ein Licht. Drei dunkle Schemen. Tränen und Panik trüben meine Sicht.
"Wir tun dir nichts", ertönt die Stimme erneut. Träge drehe ich mich um, lasse mich auf mei-

nen Hintern fallen und lehne mich mit dem Rücken an die Tür. Selbst wenn mir jetzt jemand eine Knarre vors Gesicht halten würde, ich könnte mich nicht rühren. Mein Körper hat kapituliert. In diesem Moment gewinnt mein Schock die Oberhand. Säure schießt mir den Hals hinauf und ich kann gerade noch den Kopf zur Seite drehen, bevor ich in einem heftigen Schwall die Spaghetti vom Abendessen auf den Boden des kleinen Kellerraumes kotze.

Als ich meinen Kopf wieder an das raue Holz der Tür lehne, erkenne ich undeutlich, wie einer der Schemen vor mir in die Hocke geht und mir irgendetwas vor die Nase hält. Mit einer fahrigen Bewegung wische ich mir über die Augen und blinzele. Meine Sicht wird wieder klarer. Ein erschrockener Laut entfährt meiner Kehle. Vor mir hockt eine große Person in einem schwarzen Kampfanzug und hält mir ein dreckiges Tuch hin. Ihr Kopf wird von einem ebenfalls schwarzen Helm und einer dunklen Atemmaske mit getöntem Visier verborgen, was den blechernen Klang der Stimme erklärt.
"Los, nimm schon", ertönt jene in genau diesem Augenblick und ich registriere benommen, dass es sich bei der Person vor mir um einen Mann handeln dürfte. Zögerlich ergreife ich das Tuch

und sofort erhebt sich mein Gegenüber wieder.
"Wisch dir damit die Kotze weg und dann atme mal tief durch", brummt mein Retter, bevor er sich abwendet und zurück zu den anderen beiden Gestalten geht.
Mechanisch komme ich der Aufforderung nach und mustere das Trio verunsichert. Die zweite Person sitzt auf einem kleinen Holztisch in einer Ecke des Raumes, hat ein Knie vor die Brust gezogen und starrt abwesend zu Boden. Auch sie trägt einen Kampfanzug. Da sie jedoch Helm und Maske neben sich auf den Tisch gelegt hat, erkenne ich, dass es sich um eine junge Frau mit kurzem Haar und markanten Gesichtszügen handelt. Ich folge ihrem ausdruckslosen Blick zu der dritten Person im Raum. Diese liegt reglos am Boden und ist gigantisch groß. Von meiner Sitzposition aus ist es schwer zu beurteilen, aber der stämmige Körper muss locker über zwei Meter groß sein. Da erst fallen mir die klaffende Wunde im Oberkörper der Person auf und die Blutlache, in der sie liegt. Sofort kehrt das saure Brennen zurück in meine Speiseröhre.
"Wer -" presse ich krächzend heraus. "Wer seid ihr?"

7: Und beschütze uns vor dem Bösen

Schweigend steht der Maskierte über mir und blickt auch mich herab. Meine Frage hat ihm entweder nicht geschmeckt, oder er überlegt gerade, was er mir antworten will. Oder antworten darf.
"Scheiße, Priest", stöhnt da plötzlich die Kämpferin in der Ecke des Raumes. "Wir verrecken hier sowieso alle. Scheiß auf die verdammte Geheimhaltung und antworte dem Jungen."
Mein Gegenüber schweigt weiter und ich frage mich, ob er das Gehörte einfach ignorieren wird. Doch da ertönt hinter der Maske ein gedämpftes Seufzen, der Mann wendet sich ab und geht zurück zum leblosen Körper des Riesen.
"Wir gehören", setzt er schließlich an und dreht sich wieder zu mir um, "zu einer geheimen Sondereinheit des Militärs, der DRU."
Die Abkürzung sagt mir überhaupt nichts. Aber geheime Sondereinheiten des Militärs stehen wahrscheinlich auch nicht allzu oft in der Zeitung, oder haben eine eigene Seite bei Insta-

gram oder Facebook.

"Demon Response Unit", klärt mich die junge Frau knapp auf und salutiert sarkastisch. "Wir sind sowas wie die verdammten Ghostbusters, nur mit Knarren. Also richtigen."

Ich glotze sie mit offenem Mund an. *Eine verdeckte Einheit von Dämonenjägern? Sowas gibt es?* Wäre ich nicht eben noch von deformierten Monstern mit halben Köpfen gejagt worden, würde ich schwören, hier gerade massiv verarscht zu werden.

"Und was macht ihr hier?", frage ich, auch wenn die Frage ziemlich beknackt ist, wo ihre Antwort doch außerhalb des Raumes röchelnd durch die Gänge von *Carpenter Hall* schlurft.

Dementsprechend wundert es mich auch nicht, als der Mann, der Priest genannt wird, mir mit einem knappen "Urlaub" antwortet.

"Sorry. Ich meinte eher, was hier los ist. Was sind das für Viecher? Wo kommen die her?"

Priest seufzt erneut, ehe er antwortet: "Die Kurzfassung lautet, dass die verdammte Dämonenbrut immer wieder versucht, in unsere Welt einzudringen. Schwachen Dämonen gelingt das öfter, da die Macht, die sie in die Hölle bannt, bei ihnen nicht sehr stark wirkt. Die hohen Dämonen wiederum brauchen besondere Artefakte, die ihnen helfen, zu uns zu kommen und sich danach gegen den Sog der Hölle zu wehren. Ohne so einen Gegenstand würden sie nach wenigen Sekunden zurück in die Unterwelt gerissen. Wenn es allerdings einer von denen zu uns schafft, ist die Kacke richtig am Dampfen."

Ich höre aufmerksam zu, auch wenn ich mir gerade vorkomme, als würde ich nach einem ausschweifenden Horrorfilm-Marathon total abgedrehte Albträume erleiden.

"Hier wurde", fährt Priest fort, "eine auffällige Ansammlung niederer Dämonen registriert und weil auf der Hand lag, dass die sich hier nicht zum DVD-Abend treffen, wurden wir geschickt, um die Party zu sprengen."

Unwillkürlich zuckt mein Blick zu dem leblosen Körper am Boden.

Die Frau muss es bemerkt haben, denn sie erklärt mit belegter Stimme: "Fortress. Er ist ... *war* ... unser Mann fürs Grobe. Und unser Freund."

"Aber wie -", entfährt es mir, ehe ich den Rest meiner unsensiblen Frage abwürgen kann.

Priest lacht freudlos. "Wir sind leider zu spät. Die Dämonen haben eines der Artefakte in ihrem Besitz. Und einer der Oberen ist bereits im Haus."

8: Noch leben wir

Ich starre den Mann mit großen Augen an. Auch wenn ich keine Ahnung habe, von was für einem Wesen wir hier sprechen und wie stark es ist, klingt die Tatsache, mich im selben Gebäude wie ein hoher Dämon der Hölle zu befinden, alles andere als angenehm. Von den mir bekannten Filmen ausgehend, könnten wir es mit einem krassen Typen im dunklen Anzug zu tun haben, der ein Portal in die Hölle öffnen und die Menschheit mit seiner dunklen Brut überrennen will.
"Und jetzt?", frage ich schließlich beunruhigt.
Priest und die Frau werfen sich einen Blick zu.
"Was *du* machst, weiß ich nicht", brummt der Maskierte schließlich. "*Wir* haben hier zu tun."
"Aber was wollt ihr machen?", bricht es aus mir hervor und wieder starre ich unwillkürlich auf den Toten am Boden.
"Kämpfen", entgegnet die Frau knapp und hebt zur Untermalung ihrer Worte eine Maschinenpistole in mein Sichtfeld.
"Aber habt ihr denn eine Chance?"
"Das ist scheißegal", antwortet Priest streng.

"Wenn wir jetzt den Schwanz einziehen, bricht wortwörtlich die Hölle über die Menschen herein. Außerdem sind zwei Mitglieder meines Teams irgendwo im Haus verstreut und ich sterbe lieber, als sie im Stich zu lassen."

Wortlos blicke ich zu dem maskierten Soldaten auf. Ich kann nicht sagen, dass er mir sehr sympathisch ist, aber sein Mut und seine Treue zu seinem Team beeindrucken mich. Dennoch ist mir nicht entgangen, dass er mir bezüglich der Erfolgschancen keine Antwort gegeben hat.

"Du hast hiermit nichts zu tun", fährt Priest fort. "Raptor und ich helfen dir, zurück zum Eingang zu kommen, aber dann verpisst du dich bitte und wir kümmern uns weiter um unsere Mission."

Die Soldatin, deren Deckname also Raptor zu sein scheint, kommt zu mir herüber und streckt mir ihre Hand entgegen. "Kannst du aufstehen?"

Ob ich aufstehen kann? Gute Frage. Meine Beine fühlen sich noch immer wie Pudding an, aber wenigstens hat meine Panik sich zu einer beklemmenden Angst reduziert. Immer noch ein beschissener Zustand, zumindest aber mit weniger Herzrasen. Ich ergreife Raptors Hand und lasse mir von ihr aufhelfen. Hinterher stehe ich zwar ziemlich wackelig und jämmerlich vor der

Soldatin, doch immerhin stehe ich.

Priest kommt zu uns und brummt: "Zeit, den sicheren Hafen zu verlassen.

Ich schlucke schwer. Die Aussicht darauf, die sicheren vier Wände aufzugeben und mich den Monstern im Haus zu stellen, lässt mich beinahe wieder zusammenklappen.

"Ich würde dir ja noch eine Schutzmaske geben", brummt Priest und schaut zu seinem toten Kameraden hinüber, "aber ich fürchte, die einzig verfügbare ist dir ein paar Nummern zu groß."

Raptor legt mir eine Hand auf die Schulter und schenkt mir ein grimmiges Lächeln. "Drück einfach die Daumen, dass keins der Viecher Gift spucken kann."

Vielleicht bleibe ich doch hier im Raum.

"Kannst du schießen?", fragt Priest, während er zu Fortress schreitet, neben seinem Kameraden in die Hocke geht und die Taschen des Toten durchsucht. Ich schüttele den Kopf, nicht in der Lage zu sprechen.

Der Mann kehrt zu Raptor und mir zurück und drückt mir eine Pistole in die Hand. "Dann lernst du es lieber schnell."

9: Der 13. Einsatz

"Wir sind wohl nicht mehr spannend genug", knurrt Priest, nachdem er die Tür leise einen Spalt weit geöffnet und in den davor liegenden Gang gespäht hat.
"Wie meinst du das?", zischt Raptor und nähert sich ihm mit schussbereiter Maschinenpistole.
Zur Antwort stößt der Maskierte die Tür weiter auf und im schwachen Licht, das aus unserem Raum nach draußen fällt, präsentiert sich der gemauerte Kellergang völlig verlassen.
"Wo sind die hin?", frage ich nervös und umklammere mit zitternden Händen meine Pistole.
Mit einem Schnauben tritt Priest in den Gang hinaus. "Sie haben leider keine Nachricht hinterlassen."
Was für ein Idiot. Verärgert schaue ich dem Mann hinterher, der sich kurz in beide Richtungen umschaut und dann nach links in die Dunkelheit verschwindet.
Plötzlich ist Raptor direkt neben mir. "Sei ihm nicht böse", flüstert sie. "Das mit Fortress frisst ihn innerlich auf und er sorgt sich ziemlich um

Fox und Hawk. Wir wissen schließlich nicht, wo sie sind und ob sie überhaupt noch leben."
Ich kann spüren, wie mein Ärger fast augenblicklich verraucht. Das Gefühl, der Anführer eines Teams zu sein, das sich bei jeder Mission in Lebensgefahr begibt, übersteigt definitiv mein Vorstellungsvermögen. Auf jeden Fall bin ich sicher, dass es massiv beschissenen ist.
"Außerdem", fährt Raptor leise fort und schiebt sich an mir vorbei in den Gang hinaus, "ist das hier ein besonderer Einsatz für den Boss und ich bin sicher, dass im Moment ein unglaublicher Druck auf ihm lastet."
Mit weichen Knien folge ich der Frau in die Dunkelheit.
"Was meinst du damit, dass der Einsatz besonders ist?", raune ich, als ich zu Raptor aufgeschlossen habe. "Ihr kämpft gegen beschissene Dämonen. Welcher Einsatz ist da bitte *nicht* besonders?"
"Das hier ist der dreizehnte Einsatz für Priest", lautet die knappe Antwort und ich frage mich verwundert, ob ich wissen sollte, warum das eine große Sache ist.
Ich setze ein hämisches Grinsen auf, das aufgrund meiner Nervosität komplett entgleist. "Und jetzt kickt bei ihm der Aberglaube?"
"Seit es unsere Einheit gibt", zischt Raptor mir

zu, "hat noch niemand mehr als zwölf Einsätze überlebt."
Mein dummes Grinsen schmilzt mir schlagartig vom Gesicht.

Wie aus dem Nichts taucht Priest an unserer Seite auf. "Wenn du dann damit fertig bist, dem Jungen Dinge zu erzählen, die ihn nichts angehen, wäre ich dir für ein bisschen Konzentration echt dankbar."
"Sorry, Boss", entgegnet Raptor zerknirscht. "Er erinnert mich an mich, als ich noch so eine halbe Portion war."
"Hey", zische ich.
Wir passieren Joeys Leiche und ich zwinge mich, nicht wieder die Nerven zu verlieren. *Wir hätten daheim bleiben sollen.* Dann erreichen wir die Treppe und machen uns langsam und möglichst lautlos an den Aufstieg in die Eingangshalle. Priest geht an der Spitze, ich dahinter und Raptor sichert nach hinten ab.
Für einen kurzen Augenblick gebe ich mich der trügerischen Hoffnung hin, das Haus doch noch lebend verlassen zu können.

10: Der Ausgang

Während ich versuche, mir einzureden, dass am Ende doch alles gut wird, erreichen wir das obere Ende der Kellertreppe und betreten den dunklen Korridor, der den Keller und die Eingangshalle verbindet. Nun trennen uns nur noch wenige Meter von der rettenden Tür in die Freiheit. *Nur noch wenige Meter bis zum Ende dieses Albtraums.*
Ich hoffe nur, dass er auch vorhat, mich schon gehen zu lassen.

Vorsichtig schleichen wir aus dem Gang in die dunkle Eingangshalle, ohne unsere Formation zu verlassen. Ich blicke mich nervös um, doch alles wirkt ruhig. *Beklemmend ruhig. Wo sind die Dämonen? Was ist hier los?*
Endlich erreichen wir die Tür und ich gebe mich einmal mehr der Hoffnung hin, in wenigen Sekunden könne all der Schrecken vorbei sein. Umso stärker krallen sich die Klauen der nackten Angst um mein Herz, als Priest versucht, die Tür zu öffnen. Sie bewegt sich nämlich keinen Millimeter. *Wirkte die vorhin auch*

schon so stabil?

"Fuck", zischt Priest und seine Stimme wird fast vollständig von seiner Maske geschluckt. "War ja klar, dass die es uns nicht so einfach machen."

Er tritt ein paar Schritte von der Tür zurück und legt seine Pistole auf das abgewetzte Schloss an. "Geht zur Seite und betet, dass sie nicht durch einen verschissenen Bann verschlossen ist."

"Spar dir deine Kugeln!"

Wir wirbeln herum und blankes Entsetzen überrollt mich. Ich spüre, wie meine Beine einknicken und nur Raptors Hand, die meinen Arm packt, verhindert, dass ich zu Boden sacke. *Nein! Das darf nicht wahr sein!*

Vor unseren Augen fluten unzählige Dämonen lautlos wie Geister die Eingangshalle. Seltsame, langgliedrige Wesen ohne Gesicht klettern an der Decke entlang wie Echsen. Hundeähnliche Ungeheuer, deren Fleisch ihnen verwesend von den Knochen hängt, pirschen die große Treppe hinab, auf uns zu. Wie von Geisterhand öffnen sich scharrend und quietschend die Türen der Halle und die Monster, denen ich im Keller begegnet bin, schlurfen massenweise in den Raum. Meine aufsteigende Panik macht es mir

unmöglich, die Anzahl der Dämonen zu erfassen, doch es sind dutzende!
Und oben, am Absatz der Treppe, steht derjenige, der soeben zu Priest gesprochen hat. Eine Gestalt, wie sie selbst meine schrecklichsten Albträume kaum hätten hervorbringen können. Grinsend blickt ein grauenhaft entstellter Mann zu uns herab. Er ist bekleidet mit einer verbrannten, zerrissenen Toga, wie ich sie in Filmen über das römische Reich gesehen habe, seine Haut wurde ihm am ganzen Körper abgezogen und an einigen Stellen ist sein Leib so verfault, dass ich seine Knochen sehen kann. Zwei Hörner wachsen krumm aus seinem verstümmelten Kopf und in seinen Augen liegt ein gespenstisches gelbes Glühen. Doch das Unheimlichste an seinem Anblick ist sein Grinsen. Es wirkt vollkommen unnatürlich, seine aufgerissenen Mundwinkel ziehen sich viel zu weit über die blutigen Wangen und selbst in der Dunkelheit kann ich sehen, dass er keine Lippen hat. Dafür ist sein Maul bewehrt mit zahllosen spitzen Zähnen, die den Fangzähnen einer Giftschlange ähneln.
"Caligula", knurrt Priest und tritt einen Schritt auf das Ungeheuer zu. "Zeit für Runde zwei."

11: Caligula

"Hallo, Mensch", grollt der Dämon, der leider so gar nichts von dem Kerl im Anzug an sich hat, als den ich ihn mir vorgestellt hatte. Sein widerliches Grinsen wird noch breiter.
Priest hat unterdessen die Mitte der Halle erreicht und legt ungerührt seine Waffe auf das Monster an. Die Schar der Dämonen lässt ihn nicht aus den Augen, macht aber keine Anstalten, ihn anzugreifen.
"Sachte", knurrt Caligula zu Priest herab und hebt einen seiner blutigen, verwesenden Zeigefinger. ***"Du willst doch nicht versehentlich unseren Ehrengast treffen."***
Er tritt einen Schritt zur Seite und gibt den Blick auf eine Gestalt frei, die im Schatten hinter ihm verborgen war. Beunruhigt kneife ich die Augen zusammen, doch die Dunkelheit verweigert mir ein Erkennen.
In diesem Moment brüllt der Anführer der Dämonen: ***"Es werde Licht!"***, hebt eine Hand und augenblicklich lodern in der gesamten Halle unzählige Brände auf. Erschrocken trete ich einen Schritt zurück und pralle gegen Raptor,

die reglos in meinem Rücken steht und keinen Ton von sich gibt. Wie betäubt wende ich mich zu ihr um und erkenne dabei zu meinem Entsetzen, dass auch die Eingangstür nun durch eine lodernde Flammenwand versperrt wird. Dann bemerke ich Raptors Blick, der vor Schmerz und Fassungslosigkeit nur so zu bluten scheint und unwillkürlich muss ich ihm folgen. Zurück zu Caligula. Zu der Person, die an seiner Seite steht und welche durch die tobenden Flammen nun ganz deutlich zu erkennen ist. Es handelt sich um eine zierliche junge Frau, deren nackter Körper von Ketten umschlungen ist und die furchtbar zugerichtet wurde. Ihr gesamter Leib ist übersät von Blutergüssen, Brandwunden und blutigen Striemen, ihre dunklen Locken zeigen zahllose kahle Stellen, die offensichtlich ebenfalls gewaltsam zugefügt wurden und ihr Gesicht ist so verunstaltet, als wäre sie von einem LKW erfasst worden. Auf ihrer Stirn prangt ein fremdartiges Symbol, das aussieht, als sei es in ihre Haut geschnitten worden. Tränen rinnen aus ihren blutunterlaufenen Augen und verenden in einem schmutzigen Tuch, das ihr als Knebel in den Mund gestopft wurde.

Ohne sein abartiges Grinsen zu verlieren, tritt Caligula an die Frau heran, legt einen seiner

Arme um sie und blickt zu Priest herab. *"Sieht sie nicht umwerfend aus?"*

"Du Bastard!", brüllt der Soldat außer sich, und hebt erneut seine Waffe, die er beim Anblick der Frau hatte sinken lassen.

"Glaubst du wirklich, ich sei hier der Böse?", feixt der Dämon und seine Augen verengen sich zu Schlitzen. Dann reißt er der Frau mit einem Ruck den Knebel aus dem Mund und brüllt: *"Los, Fox! Erzähl ihnen, was du getan hast!"*

Raptor schiebt sich an mir vorbei und legt nun ebenfalls ihre MP auf den Dämonen an.

"Es tut mir leid." Die Stimme der Frau am oberen Ende der Treppe ist schwach und rau und dennoch dringt sie glasklar an mein Ohr. "Ich habe euch verraten."

"Das glaube ich nicht", entgegnet Priest ohne zu zögern, doch seine Stimme scheint plötzlich ein gutes Stück ihrer Kraft verloren zu haben.

"Glaub es, Arschloch!" kreischt Caligula ekstatisch und stößt Fox ohne Vorwarnung die Treppe hinab. Ohne sich abfangen zu können, stürzt die junge Frau über die hölzernen Stufen, schlägt mehrfach hart auf und bleibt schließlich reglos zu Priests Füßen liegen.

Der Anführer der Dämonenbrut grinst kalt auf sie herab. *"Eure Maus hat euch ausgeliefert."*

12: Fox

Ohne Caligula aus den Augen zu lassen, geht Priest in die Hocke, um nach dem Puls der Frau zu fühlen. Raptor, die ihn in diesem Moment erreicht, hält ihre Waffe auf den hohen Dämonen gerichtet, doch mir entgeht das Zittern ihrer Hände nicht. Benommen erinnere ich mich daran, dass auch mir eine Waffe überreicht wurde, aber angesichts der gewaltigen Horde an Dämonen, die uns umringt und scheinbar nur darauf wartet, endlich losschlagen zu dürfen, könnte ich genauso gut mit einer Banane bewaffnet sein.
Eine Welle der Angst überkommt mich, schüttelt meinen ganzen Körper und mir wird schmerzlich bewusst, dass ich ganz allein mehrere Meter von Priest und Raptor entfernt stehe. Langsam und ohne die Dämonen aus den Augen zu lassen, wanke ich zu den beiden DRU-Mitgliedern und bleibe in ihrem Rücken stehen. Die Pistole liegt schwer in meinen Händen und ich fühle mich zu kraftlos, sie überhaupt heben zu können.
"Vergib mir", höre ich da das Flüstern der Frau

am Boden. Sie lebt also und ist bei Bewusstsein.
"Nicht sprechen, Fox", raunt Priest in einem fürsorglichen Ton. "Du musst dich schonen."
Caligula grinst ekelhaft zu uns herab. *"Wie reizend. Ob du wohl immer noch so galant zu ihr wärst, wenn du wüsstest, dass sie mir nicht nur den Zeitpunkt eures Eintreffens verraten hat, sondern alle Details eures Plans?"*
"Das klären wir später", knurrt der DRU-Anführer und will aufstehen, doch Fox krallt zwei freie Finger in seinen Ärmel.
"Er hat meine Eltern", schluchzt sie mit flehendem Blick. "Er hat sie mir gezeigt. Ihre Seelen sind nie in den Himmel gekommen. Er hat sie und er hat gedroht, sie unendliche Qualen erleiden zu lassen."
"Er hat deine Eltern nicht", vorsichtig löst Priest ihre Finger von seinem Arm und erhebt sich. "Du darfst einem Dämon niemals glauben."
Caligulas amüsiertes Glucksen klingt wie das blubbernde Röcheln eines Ertrinkenden, als Priest lauter fortfährt: "Dieser Abschaum würde dir jede Scheiße einreden, um dich zu manipulieren. Und dafür reiße ich ihm jetzt den Arsch auf!"
Der obere Dämon hebt mahnend einen Finger. *"Aber, aber, mein Lieber. Solche Worte sind doch nichts für die Ohren einer Dame."*

Plötzlich wird sein Grinsen bösartig. *"Wir sollten ihr Köpfchen davon reinigen."*
Caligulas Schnippen hallt durch den Raum und ich erstarre. Für einen Moment geschieht nichts und ich frage mich, ob der Dämon mit uns spielt. Doch dann stöhnt Fox plötzlich auf und das blutige Symbol, das in ihre Stirn geritzt wurde, beginnt zu zischen.
"Nein!", brüllt Priest und ist sofort bei der Frau, die nun schrille Schreie ausstößt. Mit seinen behandschuhten Fingern reibt er über das Symbol, das nun dampft und Blasen wirft, doch da es ihr in Haut und Fleisch geschnitten wurde, kann er es nicht entfernen.
"ADIOS!"
Mit einem feuchten Knall zerplatzt der Kopf der jungen Frau.
Blut spritzt auf Priest, Raptor und mich und mir wird schwarz vor Augen. Erst der Aufprall meines Hinterns auf dem Boden und Priests gequälter Schrei bringen mich wieder zu Besinnung. Neben mir sinkt Raptor in die Knie. Erneut steigt mir die Kotze in den Hals, während ich durch einen Tränenschleier zu Caligula aufsehe, der lachend am oberen Ende der Treppe steht.
In diesem Moment kracht es ohrenbetäubend und der Kopf des hohen Dämons explodiert.

13: Ohne jede Hoffnung

Caligulas Hände zucken noch kurz zu dem blutigen Rest seines Halses, der eben noch seinen Kopf getragen hat, dann stürzt er rückwärts zu Boden. Ein Grollen geht durch das Heer der Dämonen.
"Auf Nimmerwiedersehen, Arschloch!", brüllt eine Männerstimme hinter mir und ich drehe mich benommen um. In der Deckung einer der Säulen, welche die Empore des Raums tragen, kniet ein Mann. Er trägt einen Kampfanzug der DRU und lädt soeben ein gewaltiges Scharfschützengewehr nach. Anders als bei Raptor und Priest sind an seinem Outfit die Ärmel abgeschnitten und ich erkenne zahllose Tattoos, die sich bis an seine Handgelenke ranken. Sein gebräuntes Gesicht wird von dunklen Locken umrahmt.
"Los, Leute!", brüllt der Mann und schaut in unsere Richtung. "Auf die Beine mit euch. Jetzt radieren wir den Rest dieser Schweine aus!"
Doch weder Raptor noch Priest machen Anstalten, sich aufzuraffen und auch meine Beine zeigen mir sehr deutlich, dass sie sich aktuell

außer Stande sehen, mich zu tragen. Ängstlich blicke ich zu den Ungeheuern um uns herum. *Warum greifen sie nicht an?*
"So einfach ist es nicht", höre ich Priest sagen und mir wird kalt von der Leere seiner Stimme.
"Was?", ruft der Mann an der Säule.
Mit einem Ruck kommt der Anführer der DRU auf die Beine. "Caligula lebt!"
Wie zur Antwort erhebt sich ein röchelndes Glucksen von oberhalb der Treppe und ich fühle, wie sie ein Druck auf meine Brust legt. Das Geräusch schwillt an und wandelt sich zu einem kehligen Lachen, das von den Wänden *Carpenter Halls* widerhallt. Und dann erhebt sich Caligula über uns auf seine Beine. Mit einem völlig unverletzten Kopf.
"Was zur Hölle soll das?!", ruft der Scharfschütze entgeistert.
"Scheiße, Hawk!", fährt Priest ihn an. "Hast du in deiner Ausbildung irgendwann mal aufgepasst?! Glaubst du echt, dass man Caligula mit einem verdammten Schuss töten kann?!"
Ich blicke zu dem Mann herüber und sehe, wie er sein Gewehr sinken lässt.
"Wir müssen das Artefakt zerstören!", brüllt der DRU-Anführer und hebt seine Waffe. "Ohne das verschwindet er zurück in das Drecksloch von Hölle, aus dem er gekrochen ist!"

Auch Hawk kommt auf die Beine und nähert sich uns. "Weißt du schon, was es ist? Und wo?" Priest schüttelt den Kopf, ehe er zischt: "Aber ich wette, der Bastard hat es nicht einfach irgendwo liegenlassen."

"Richtig gewettet, Menschlein", ertönt Caligulas Knurren. *"Aber da ich noch ein paar bescheidene Pläne für den Witz habe, den ihr Menschheit nennt, behalte ich den Aufenthaltsort des kleinen Schätzchens lieber für mich."*

Hawk legt sein Gewehr auf ihn an. "Dann massakrieren wir eben zuerst deinen Scheißhaufen von Brut und zwingen dich danach, es auszuspucken."

Ein weiteres Mal höre ich in dieser Nacht Caligulas hämisches Gelächter.

Ich fühle mich so beschissen nutzlos. Auch wenn sie offensichtlich in wenigen Augenblicken sterben werden, sind die Mitglieder der DRU wenigstens fest entschlossen, die Dämonen nicht kampflos gewinnen zu lassen. Und was mache ich? Hier sitzen und flennen. Kann ich nicht irgendetwas tun? Kann ich nicht helfen? Und in diesem Moment kommt mir ein absurder Gedanke.

"Ich glaube, ich weiß, wo das Artefakt ist", höre ich meine Stimme tonlos sagen.

14: Nur eine Idee

Wieder steigt das gurgelnde Feixen hinter Caligulas widerwärtigem Grinsen auf und sofort verlässt mich der Funke Mut, der mich für einen kurzen Moment beseelt hat.
"Hör mal, Kleiner -", setzt Hawk an, doch Priest unterbricht ihn mit einer Handbewegung. Der Scharfschütze verstummt augenblicklich. Kurz schaut Priest zur toten Fox hinab, dann strafft er sich und wendet seinen Blick in meine Richtung. "Sag, was du zu sagen hast. Jede noch so kleine Idee von dir ist mehr, als wir drei zusammen haben."
Trotz unserer Situation, trotz der Monster um uns herum und trotz des drohenden Todes, geben seine Worte mir Kraft und als er mir seine Hand reicht, zögere ich nicht lange, sondern ergreife sie und lasse mir aufhelfen.
"Frohlocket!", brüllt Caligula zu uns herab und aus seinen Augen sprüht der Spott. *"Der Auserwählte ist erschienen, um die Menschheit vor den Heerscharen der Hölle zu retten!"*
"Okay, Kleiner", brummt Priest und nickt mir ermutigend zu. "Schieß los."

"Es ... klingt sicher total dumm", stammele ich und räuspere mich, um nicht mehr ganz so jämmerlich zu wirken, "aber ich habe mal eine Serie gesehen, in der ein Feind einen Gegenstand verschluckt hat, um es dem Helden unmöglich zu machen, das Ding zu erreichen."

"Bullshit", entfährt es Hawk mit einem Schnauben, doch Priest ignoriert ihn. Im Visier des DRU-Anführers spiegelt sich mein Gesicht und leider sehe ich wirklich alles andere als überzeugend oder glaubwürdig aus. Und dann geschieht etwas vollkommen Unerwartetes: Der Dämonenjäger nimmt seinen Helm ab.

Sprachlos vor Überraschung starre ich den Mann an, der unter dem Kopfschutz zum Vorschein kommt. Er ist wesentlich älter, als ich vermutet hätte. Sein kurzes Haar glänzt silbrig hell im Schein der Feuer und graue Bartstoppeln bedecken sein Kinn und seine Wangen. Obwohl er sehr markante Züge und etliche Narben hat, strahlt sein Gesicht etwas Sanftes aus und seine Augen leuchten wach und aufmerksam, als er sagt: "Ich finde nicht, dass das Bullshit ist."

Auch Raptor kommt nun auf die Beine. Ihre Augen sind gerötet und die Trauer um Fox ist ihr deutlich anzusehen, aber dennoch erkenne ich großen Kampfgeist in ihrem Blick.

"Es klingt", fährt Priest fort und wendet sich Hawk zu, "sogar ziemlich logisch, dass Caligula das Artefakt bei sich trägt, um es selbst schützen zu können. Und da er nicht gerade mit Amuletten oder irgendwelchen Reliquien behangen ist, muss das Teil irgendwo sein, wo wir es nicht sehen können."
Mit schwacher Stimme ergänzt Raptor: "Außerdem ist es so nahezu unmöglich für uns, ihm das Ding im Kampf abzunehmen."
"Ihr seid alle ganz schön schlau", grollt da Caligulas Stimme vom oberen Ende der Treppe herab und als ich erschrocken aufblicke, sehe ich, dass zum ersten Mal in dieser Nacht kein Grinsen auf seinen blutigen Wangen prangt. Wut, Abscheu und blanker Hass verzerren seine Züge und seine Fangzähne knirschen laut.
"Vermutlich haben wir jetzt lange genug gespielt. Sterbt qualvoll, ihr Maden."
Blitzschnell reißt Hawk sein Gewehr hoch und feuert auf den hohen Dämon, doch dieser weicht dem Schuss einfach aus. Ich hebe meine Waffe ebenfalls, auch wenn ich mir keine Hoffnungen auf ein Wunder mache. Nur eine Sekunde später lasse ich sie mit zitternden Händen sinken und schaue mich voller Entsetzen um.
Die Dämonen haben sich in Bewegung gesetzt!

15: Die Hölle

Von einem Moment auf den anderen bricht das Chaos aus. Unzählige der gesichtslosen Echsendämonen lassen sich von der Decke zu Boden fallen, die abstoßenden Aashunde pirschen knurrend die Treppe hinab und die Monster aus dem Keller ziehen den Kreis um uns immer enger. *Wir können nicht entkommen!* Ein weiteres Mal löst sich ein ohrenbetäubender Schuss aus Hawks Gewehr und einige Meter entfernt werden gleich drei der Echsenmonster in Stücke gerissen. Gleichzeitig eröffnen auch Priest und Raptor das Feuer und ein Hagel aus Kugeln peitscht durch den Raum. Blut, Knochen und verwesendes Fleisch spritzen auf, Dämonen fallen leblos zu Boden und auch ich schaffe es endlich, meine Waffe zu heben. Doch die schiere Masse der Monster lähmt mich. Egal wohin ich ziele, ich sehe nur eine wabernde Menge aus grotesk verformten und entstellten Leibern, die sich uns unaufhaltsam nähert. *So viele! Unsere Munition wird niemals reichen!*
Wie aufs Stichwort wirft Hawk sein Gewehr zu

Boden und zieht zwei geschwungene Messer aus seinem Gürtel, die er an Ringen um seine Zeigefinger kreiseln lässt. "Kommt her, ihr Pisser! Ich zaubere euch ein Lächeln!"

Raptor reißt ein leeres Magazin aus ihrer MP, lädt flink und routiniert nach und eröffnet sofort wieder das Feuer. Immer mehr der Höllenkreaturen sterben durch die Waffen der DRU und doch ist vollkommen klar, dass wir keine Chance haben. Die Zahl der Monster will einfach nicht abnehmen. Und über all dem Chaos thront Caligula, der am Ende der Treppe steht und dem Gemetzel amüsiert zusieht.

Endlich erwache ich aus meiner Starre und beginne, in das Meer aus Monstern zu feuern. Hektisch drücke ich wieder und wieder ab, der Rückstoß entreißt mir fast die Waffe und in meinem blinden Wahn erkenne ich auch nicht, ob ich überhaupt treffe. Plötzlich klickt die Pistole und verstummt. Ich drücke weiter ab. Nichts. Sie ist leer. Ich bin vollkommen wehrlos.

Ein Schrei lässt mich herumfahren und ich muss entsetzt mitansehen, wie ein Dämonenhund seine Fänge in Hawks Bein schlägt. Der Soldat geht in die Knie, rammt dem Ungeheuer beide Messer in die Augen und schafft es so, sich zu befreien, doch sofort fallen die nächsten

Dämonen über ihn her. Klauen zerfetzen seine Uniform, Zähne graben sich tief in sein Fleisch. Wieder bäumt er sich auf, reißt sich los und lässt seine Klingen in seine Feinde fahren. Blut läuft ihm über die nackten Arme und bedeckt seine Tattoos mit einem roten Film. Er sackt erneut in die Knie, hält sich irgendwie aufrecht. Doch der folgenden Attacke kann er nicht entgehen. Ein Höllenhund springt heran, seine Zähne umschließen den Hals des Mannes und reißen ihn um. Klirrend rutschen Hawks Messer über den Boden, während er in einer Masse aus Dämonen verschwindet.
Mit einem Brüllen versucht Priest, sich einen Weg zu seinem Kameraden zu bahnen, doch er kämpft gegen eine Übermacht. Die Dämonen überrennen ihn, bringen ihn zu Fall und ich verliere ihn aus den Augen.
"Halt!", durchbricht da Caligulas Stimme das Chaos und die Dämonen erstarren. *"Ihn will ich selbst erledigen."*
Sofort ziehen sich die Monster zurück und geben den Blick auf die Halle frei. Unzählige tote Dämonen liegen überall verstreut. Im Feuerschein erkenne ich Hawks blutigen Körper. Raptor liegt reglos wenige Schritte von mir entfernt. Priest lebt, hält sich irgendwie auf den Knien. Doch Caligula nähert sich ihm.

16: Tiefes Schwarz

Hilflos und gelähmt beobachte ich, wie Caligula sich dem Anführer der DRU nähert. Mich beachtet er gar nicht. *Er sieht in mir keine Bedrohung.* Plötzlich nehme ich neben mir eine Bewegung wahr. *Raptor!* Die Soldatin lebt, doch ich sehe, dass ihr nicht mehr viel Zeit bleibt. Ihre Wunden sind entsetzlich. Wieder zucken ihre Finger. *Sie winkt mich zu sich!*
Benommen setze ich mich in Bewegung. Caligula hat Priest erreicht und steht nun über ihm. Die Dämonen beobachten uns, befolgen aber knurrend den Befehl, sich zurückzuhalten. Als ich Raptor erreiche, richtet sie ein einzelnes, blutunterlaufenes Auge auf mich. Das andere ist zerstört. Ihr Blick ist entschlossen, aber auch sehr schwach. Ihre Lippen bewegen sich lautlos. Mit flatternden Lidern sieht sie zu ihrem Bein hinab, ich folge ihrem Blick ... und entdecke eins von Hawks Messern. Ich schaue Raptor an. *Ich habe verstanden.* Wir kommen hier eh nicht lebend raus, warum also einfach aufgeben?

*"**Hast du noch irgendwas zu sagen, alter Mann?**"*, höre ich Caligula spotten.

Halt durch, Priest. Ich nähere mich den beiden, gebe mir keine Mühe mehr, unauffällig zu sein. Der obere Dämon weiß sowieso wo ich bin und ignoriert mich ganz bewusst.

"Noch hast du nicht gewonnen", ertönt Priests schwaches Röcheln als Antwort.

Caligula dreht sich grinsend zu mir um.

"Wegen dieser Made? Ich glaube kaum."

Mit diesen Worten wendet er sich wieder ab.

Ich habe nur eine Chance! Ich muss es schaffen!

Das Messer schnellt aus meinem Ärmel, meine Finger bekommen es zu fassen und ich stoße zu. Ohne Mühe fängt Caligula meinen Angriff in einer blitzschnellen Drehung ab und umklammert mein Handgelenk.

"Siehst du?", zischt er und lächelt gefährlich.

Priests Stimme ist leise, doch voller Entschlossenheit: "Er ist nicht allein."

Ein krachender Schuss reißt Caligula ein großes Stück seines Kopfes weg. Sofort löst sich der Griff des Dämons, ich befreie meine Hand und ehe unser Feind sich regenerieren kann, ramme ich ihm das Messer tief in die Brust. Caligulas Körper verkrampft sich, seine Finger zucken durch die Luft. Ich höre, wie das Heer der Dämonen brüllend losstürzt, um uns zu töten. Mit der Kraft eines Wahnsinnigen reiße ich das Messer in der Brust des Dämons herum, Fleisch

zerfetzt, Blut und morsche Knochen fliegen mir ins Gesicht. Plötzlich erkenne ich ein metallisches Glänzen in der roten Masse. Mit einem Aufschrei ramme ich meine Hand in die Brust des Monsters, bekomme eine Art Münze zu fassen und reiße sie Caligula aus dem Leib.
"Her damit!", brüllt Priest und ich werfe das Artefakt neben ihm zu Boden.
Die Dämonen erreichen uns. Ich schreie auf. Priest setzt seine Pistole auf die Münze und verschießt dröhnend sein Magazin.
Und dann herrscht plötzlich Stille und tiefste Dunkelheit umfängt uns. Die Flammen sind verschwunden und ich kann spüren, dass auch das Dämonenheer nicht mehr bei uns ist. Doch dafür spüre ich die Anwesenheit von Caligula direkt vor mir und höre ein seltsames Knistern.
"Kleiner", erklingt Priests kraftlose Stimme. "Das hast du verdammt gut gemacht. Aber jetzt musst du raus hier. Und zwar schnell."
Ich will etwas erwidern, doch das Knistern wird lauter und in der Dunkelheit glüht plötzlich etwas auf. *Caligulas Körper!* Ich begreife, renne los. Das Glühen hinter mir wird zu einem hellen Gleißen. *Schneller!* Dann reißt mich eine Explosion von den Beinen und schleudert mich durch die geschlossene Tür. Ein glühender Schmerz. Kälte. Dann kommt die Dunkelheit.

17: Nachbeben

Wie meine Mutter mir später erzählt, finden mich die Rettungskräfte in dieser Nacht schwer verletzt und bewusstlos vor dem ausbrennenden Skelett *Carpenter Halls*. Im Inneren des zerstörten Gebäudes werden die verkohlten Überreste von sechs Menschen gefunden, doch nur einer von ihnen kann als mein Mitschüler und bester Freund Joey Ripley identifiziert werden. Die anderen Leichen bleiben unbekannt. Zumindest der Polizei.
Nachdem man mich im Krankenhaus zusammengeflickt hat, werde ich wieder und wieder von zahllosen Idioten befragt, von denen niemand auch nur ein Wörtchen meiner Geschichte glaubt. Die DRU verschweige ich bei meinen Ausführungen bewusst und gebe mich anfangs noch dem idiotischen Glauben hin, irgendjemand würde mir zuhören und mich ernst nehmen. Als ich jedoch erkenne, dass all meine Worte umsonst sind, lasse ich sie versiegen und höre auf, die Geschichte von *Carpenter Hall* und der Dämonebrut zu erzählen.
Irgendwann einigt man sich darauf, dass Joey

und ich von einer Gruppe bewaffneter Spinner ins Haus entführt wurden, es dort zu einer Auseinandersetzung unterhalb der Täter gekommen sein muss und die Explosion schließlich durch den Einsatz von scharfer Munition und Sprengstoff ausgelöst wurde. Meine Schilderungen werden als Psychosen eines schwer traumatisierten Jugendlichen abgestempelt und ich werde ewig in irgendeine Nervenheilanstalt gesteckt, in der man mir natürlich auch nicht glaubt. Die Albträume und Horrorvorstellungen von sterbenden Menschen und deformierten Monstern lassen mich nicht los, doch irgendwann kann ich glaubhaft genug vorspielen, ich sei wieder in Ordnung.
Als ob.
Ich darf die Klinik wieder verlassen, kehre zu meinen Eltern zurück und nach einer weiteren Ewigkeit lässt man mich sogar wieder zur Schule gehen. *Was für eine Freude.* Wie zu erwarten war, machen zwar sämtliche Schüler und sogar die Lehrkräfte einen großen Bogen um den "Spinner aus dem Irrenhaus", aber das ist schon okay. So bleibe ich wenigstens vor dummen Fragen verschont und habe meine Ruhe.

Eine Ruhe, die leider nicht von Dauer ist.
Sie endet schlagartig an einem regnerischen

Montag und ihr Untergang wird von meinem Mathelehrer eingeläutet, der die erste Stunde des Tages damit eröffnet, dass wir einen neuen Schüler in der Klasse hätten. Mein Interesse hält sich ziemlich in Grenzen, doch das ändert sich schlagartig, als der blonde Junge in den altmodischen Klamotten das Klassenzimmer betritt.
Beim Anblick seines schlangenhaften Grinsens beginnt mein Herz wie wild zu pochen und ich kann fühlen, wie mir der kalte Schweiß ausbricht und meine Finger taub werden. *Das kann nicht sein. Das darf nicht sein. Nicht er. Nicht hier.*
Die Augen des Jungen, die von einem seltsamen gelben Schimmern erfüllt sind, fixieren mich und sein Grinsen wird noch breiter.
"Stell dich der Klasse doch mal vor", ermutigt unser Lehrer den Jungen freundlich und legt ihm väterlich eine Hand auf die Schulter.
Ohne mich aus den Augen zu lassen, tritt der Neue einen Schritt vor und steckt feixend die Hände in die Taschen, was zu leisem Gemurmel im Raum führt.
"Hi, Leute. Ich bin Cal."

LUKAS LIMBERG

Lukas Limberg ist Buchhändler, verheiratet und Vater. Er wurde 1992 in Heppenheim geboren und verfasst Geschichten, seit er schreiben kann. Wenn er gerade nicht textet oder Bücher verkauft, verbringt er Zeit mit seiner Familie oder beschäftigt sich mit irgendetwas, bei dem er kreativ sein kann. Lukas lebt mit seiner Familie in Hessen.

Loved this book?
Why not write your own at story.one?

Let's go!